청어詩人選 410

아리&다리 포포집
POEM & PHOTO 集

사랑하고
열매 맺고

아리 이선희 시
다리 김기숭 사진

도서출판 청어

사랑하고 열매 맺고

아리&다리 포포집

시인의 말

새로운 세상을 열어
한세상 살아보자며 만난
아리와 다리가
쓰기에 찍기를 더해
포엠과 포토가 만난
포포집을 펴냅니다

2023년 가을
다리의 아내 아리 이선희

사진작가의 말

아리의 다리가 되어서
사랑에 초점을 맞춰
눈길을 열고 마음을 펼쳐
빛과 그림자의 한 몸을
시에 접목하면서
형상을 펼칩니다

2023년 가을
아리의 남편 다리 김기숭

사랑하고
열매 맺고

차례

제2리

가슴 터질 듯한 그리움

제3리

살다 보면
그냥 알게 된다

발문跋文

제1리

새벽이 오려면

까만 바위를 의지한 틈에서
모닥불 피워 마지막 향기를 태운다

봄이 봄을 부른다

빈 둥지 찾아
물을 튕기며 비행하는 백로
흔들리는 날개 끝을 바라본다

안갯속 두꺼운 옷 벗은
버들가지 끝
깊은 땅속 봄바람 소리에
귓불은 선들하고
어깨는 들썩인다

저무는 해는 별을 부르고
까만 바위를 의지한 틈에서
모닥불 피워 마지막 향기를 태운다

봄이 부르는 소리에 놀란 개구리
백로 옷깃 속으로 파고든 울음에
요동치는 물결을
봄은 보고 있는지

봄길

펑펑 울지도 못하고
겨울 끝자락 붙들고 흩뿌리는 눈
하얗게 꽃 피운 마지막 눈물 자국
겨우내 침통으로 삭인
통증 자리가 가렵다

깊게 얼어붙은 호수
뜨거운 불꽃으로 용트림한다
꽁꽁 언 얼굴로 마주한 두 사람
봄 울음소리에 놀라 비켜선다

돌아갈 수 없는 길
가야 할 길은 아직 공사 중
비상 깜빡이 켜고
저무는 겨울을 보낸다
화사한 봄 맞을 준비로
새로 단장하는 통행금지 된 길
내일을 기다린다

홀로 피는 꽃

겨우내 폭설을 헤치며 견뎌낸 시간
한밤 달빛에 의지한 불끈 쥔 주먹

조용히 다가온 봄 하늘 무슨 일인가
한 잎 두 잎 순서도 경계도 없이
지축 흔들며 피어오른 난쟁이 꽃잎
숨은 부풀어 오르고
결은 거칠어진다

홀로 지샌 어둠 잊어버리고
멀리서 다가서는 이른 바람이
치맛자락 들치며 한들거릴 때
손을 활짝 편다

하나하나
홀로 마주한 세상
사랑하고 열매 맺고
홀로 사라지는 달 속에 핀 꽃

내가 산수유?

지난가을 떨어진 솔잎
나그네가 짓밟아도
숨죽인 눈물로 비단길을 만든다
미안한 마음에
살금살금 내미는 발목을
수정산 담벼락 가득 채운
향내가 잡아끈다

누가 향수를 쏟았나
꿀벌이 꿀통을 깨트렸나
킁킁거리며 두리번거리는데
노랗게 물들인
산수유 닮은 생강나무
수줍은 고개를 떨군다

물구나무선 춘분

을씨년스러운 거리는
청춘의 발도 길섶으로 향한다

잿빛 큰 마루
새끼 고양이 삼킬 듯 으르렁거린다
으스름달이 곳집을 지날 때처럼
심장이 오싹한다

집으로 향하는 차량
뒷덜미 잡힐까 소리 없이 달리다
봄 중턱인데 쌓이지도 못하는 눈
웬 말인가?
장롱 속 깊숙이 묻어둔 코트로 감싸고
열기로 봄 맞으러 간다

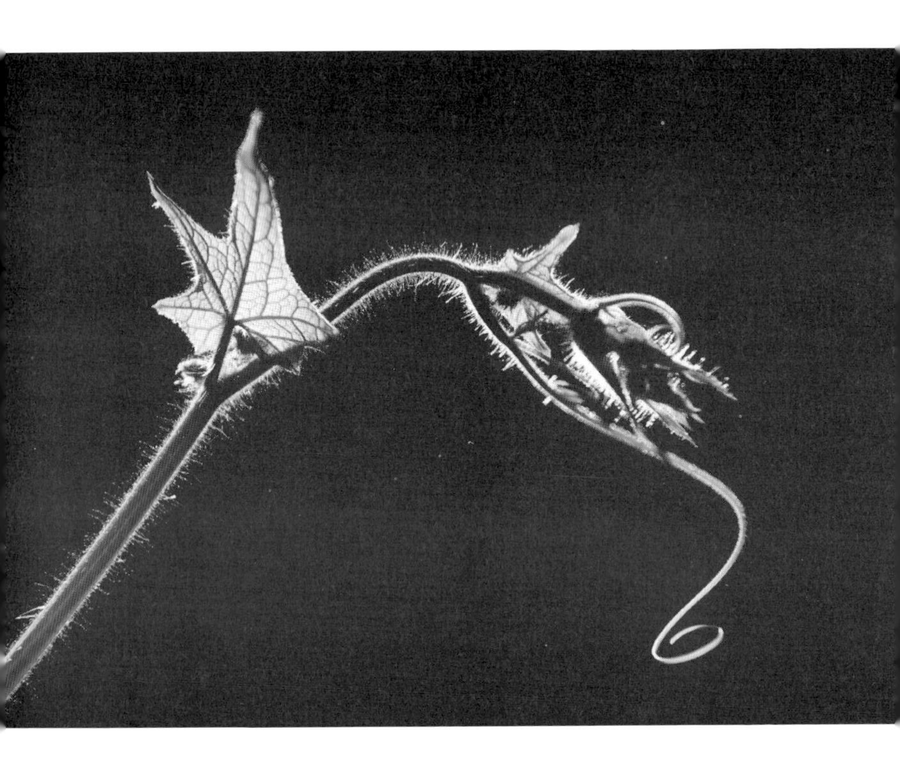

여름 사랑

이쪽 벼랑과 저쪽 벼랑 사이에서
급물살을 타고 달리는 속사랑
끝을 향하지만 방향을 잃어
두 눈이 어지럽다

붉은 흙탕물 속에 얼굴을 비춰도
떠오른 것은
바위를 치는 황토 거품

떠날 날을 찾아 헤매는
매미의 울부짖음도 잦아들고
첨벙첨벙 시간과 함께 흘러간 자리엔
멋진 미루나무 한 그루가 자라고 있다
모든 것을 품어도
그 자리는 비어있는 바다 품처럼

장마

앞 산머리는 구름인지 안개인지
알 수 없는 속으로 젖어 들고
처마 끝에 매달린 빗방울이
발목을 축축하게 잡는다

흔들리는 망초대 사이로
흰 두건 쓴 어머니가 피어난다
궂은비 내리는 날
아궁이 연기에 눈물 숨기고
가마솥 뚜껑 안에서
한 김 날린 구수한 호박
칼국수로 아린 마음 품는다
젓가락이 쉴 새 없이 들락거린
고추튀김이 지친 몸을 바삭 깨운다

아직도 어머니 맛은
몸속에서 숨을 내쉬는데
어머니 숨결은 어디서 찾으려나

난타

양철 지붕을 뚫을 듯
귀를 찢는 꽹과리 장단은
재잘거리던 놀이터를
잠재운다

사선으로 내리치는 빗방울
허리를 감싸 안는 전율
낭창거리던 몸 오그라든다

우산 속으로 파고드는
휘청거리는 나뭇가지
얼굴 스치고 다시 돌아온다

바람 타고 달리던 장마 구름
힘 빠진 듯 잠잠하더니
꼬리를 흔들어 댄다

밤과 낮이 바뀌는 시간

끄억끄억 갈매기 선창에
고요한 바다가 합창하고
잠자던 참새의 말수가 싱그럽다

긴 밤 지키던 초승달
희미한 흔적으로 빨갛게 달아오르는
붉은 해를 마주한다

바다로 간
고삐 풀린 성게잡이 통통배
뒤뚱거리며 집으로 향한다

어둠이 걷히며
스피커에서 흐르는
긴박한 음성에 귀는 오그라들고
발걸음은 숨이 찬다

아들 녀석
엊그제 입었던 군복을 벗으며
시끌벅적한 하루가 반짝거린다

상처

냉장고 속에서
빛깔에 홀려 잡은 사과
벗겨진 껍질 속으로
멍자국이 누렇다

구멍을 파고 도려내도
상큼한 향은 없고
퍼석퍼석 시금털털하다

손에 든 사과 조각
먹지도 버리지도 못하며
머뭇거리는 사이
갈색으로 떠나버린다

홀로 드러난 까만 씨
봄이 오는 소리에
눈물로 꽃향 피우고
흠 없는 열매 맺으려
정성을 다한다

가을 마중

새벽이 오려면
한잠 더 자야 하는데
애달픈 귀뚜라미 따라나선다

불에 덴 듯 울부짖던 매미는
집을 누렇게 물들이고
풀빛으로 뽐내던 연못도
까만 씨앗 주머니만 기다린다

메뚜기 한 곡조에
코스모스 미소 산들거리고
지붕 위에 열린 빨간 고추를 품은
뿌연 연기가 얼룩진 마음을 가린다

가을

실바람이 콧등 누르고
선들바람이 얼굴 스쳐
미소 짓는다

서릿바람에 손가락 오그라들고
비바람에 온몸 적신다

가을바람은
달기도 하고 쓰기도 하지만
그냥 삼킨다

바다를 놀래키고
들판을 달구는 바람
냅다 소리치고
헛헛 허허

겨울 산책

화려한 꽃눈깨비 반짝이는 봄날도
눈이 부시게 푸르른 여름날도
오색찬란한 가을날도
모든 날이 아름다웠다

이제는 완전히 익은 겨울날
두 팔 벌려 부끄러움 벗고 서 있는 나목
살을 찌르는 매서운 바람과 맞선 거목
당당함에 숙연하다

쿰쿰한 산머리에 살포시 내려앉은
새하얀 눈으로 분칠하고
붉게 타오르는 노을로 연지 곤지 찍은
새색시의 미소도 순간 사라졌다
탄성의 빛깔 더욱 아름다웠다

겨울 복숭아밭

쓴물 올라온 여름날
달콤한 향으로 목줄기 적셔준 복숭아
잊을 수 없다

과수원이 텅 비어있다
모두 어디로 갔을까
지푸라기에 의지한 차가운 몸
빨갛게 달아오른 붉은 손만
흘러가는 구름 붙잡고
눈을 하얗게 덮어쓴다

노란 봉투 속
하늘로 보내는 편지
내년 소망의 꽃을 피우기 위해
얼어붙은 흙을 헤치며
깊숙이 뿌리 내린다

대목 밑

설이 코밑까지 왔다
북적이는 장터 구석구석
손님 맞을 준비로
상인의 분주한 발걸음
만두 빚는 할머니의 재빠른 손
아가씨의 상냥한 말솜씨로
시장이 들썩거린다

삶의 이음줄 타고
목구멍에서 나오는 외침
마지막 떨이요 떨이!
오늘 숨소리는 시원하다
허리춤에 묵직한 전대
가장의 입꼬리 한층 올린다

삶
뜨거운 가마솥에 삶고 또 삶아
뜨거운 물을 헤집고 나온
영혼으로 지탱하는 날이다

버려진 경운기

한적한 호수 한 귀퉁이
언제 버려졌을까
물가 늪 속에서 앙상한 뼈를 드러낸 채
멀어져 가는 숨이 기다리는 손길
다시 그날은 올까
봄이 오면서 지난날이 그리워진다
새벽부터 등줄을 짓눌러도
꽹과리 장단에 신나게 달렸던 날
황금빛으로 광을 냈어도
도로에선 승용차 눈치받으며
못 들은 척 콧노래 불렀던 날

얼음이 녹아 나가는 소리에
말을 잃어버리기 전
한 모금 물을 마시고
또다시 일어나 달리고 싶다

제2리

가슴 터질 듯한 그리움

근심도 시름도 멀리멀리 날려버리고
도란도란 웃음소리 정다워라

듣고 싶다

들릴 듯 말 듯
보일 듯 말 듯
꼬불꼬불 올라오는 소리
아, 듣고 싶다

하늘이 내려주는 소리
불 같은 어머니의 소리
물 같은 자식의 소리
아, 듣고 싶다

아픔이 사라져야
들리려나
고단함이 사라져야
들리려나
기쁨이 사라져야
들리려나
아, 듣고 싶다

두통

밤가시로 채운 머리통
여기저기 쑤시고 돌아다닌다

목구멍까지 점령한 가시
밥 한 숟갈 푹 떠서 넣어 보고
소금으로 구석구석 닦아 보아도
꿈쩍 안 한다
온몸을 공격해 오는
가시 덩어리 겁이 난다

엄마!
내 머리 가시 뽑아줘
소리친다
꿈결에 백합 향 몰고 온 손
핏빛으로 물들인다

봄은 서럽다

무명 행주치마 허리에 걸고
이 산에서 저 산으로
나물 찾아 발짝 옮긴다

행주치마 만삭되어
해 꼬리 사라질 때
뒤뚱뒤뚱 대문 밀친다

뜨끈뜨끈한 치마 속 어린 나물들
얽히고설켜 깊은 잠에 빠졌다가

가마솥 끓는 물을
풍덩풍덩 헤치고 나와
햇볕에 마른다

펼 새 없던 어머니의 꼬부라진 허리
오래 누워 쉬시느라 생긴 까만 구멍이
내 가슴을 까맣게 태운다

멀어져 가는 엄마

아주 긴 터널 끝에서 엄마와 마주했다
날카로운 빛이 순식간에 눈을 찌르고 도망친다

순간 엄마하고 소리친다
아기가 되어버린 엄마는
무심히 허공만 바라본다

바람처럼 지나간 믿음의 세월이
안개 품으로 젖어 든다
마지막 남은 소망도 있는 힘껏 푸르르
안개 품으로 밀어 넣는다

가지고 있던 모든 것을 허공으로 날려버리고
이름만 가지고 가신다

재회

먼 산 위의 갈잎은
어머니의 빵처럼 구수하다

철부지 생일날
밤새 가마솥 뚜껑이 들썩이더니
엄마 웃음 닮은 찐빵이
배시시 일어난 막둥이 머리맡에
한 광주리다

나이 마흔하고도 네 살
매섭게 몰아닥치는 바람을
홀로 당당히 맞선 어머니

햇살 따스한 11월
자식 손 놓으시고 사십사 년 만에
그리운 아버지 품에서 맞이한 첫 생신

하늘은 두 분의 만남을
맑은 빗물로 축복하고
딸은 그리움으로 파인 가슴을
눈물로 채운다

오월의 눈물

꽃멀미 나는 오월
어린 고추모는 마른천둥 소리에
파르르 떨린다

장날 어린 딸과
자장면 한 그릇 비우고
한 손엔 누런 종이에 싼
소고기와 고등어 반찬거리
내일은 고추 심는 날이다

용돈 받고 신이 나
손 망치를 흔들며 폴짝폴짝 뛰는 막내딸을
빙그레 바라보신다

빛줄기가 유난히 긴 아침
늦잠을 길게 주무시는 아버지
무슨 꿈을 꾸실까

열두 살 딸을 세상에 두고
소풍을 짧게 끝내는 아버지의 발걸음은
얼마나 무거웠을까

하늘 바래기가 되어
반달이 되신 아버지
마음 달군 카네이션을 올려드린다

그리운 어머니

문틈으로 들어온
차디찬 바람에
서늘한 등 내어주니

당신 몸에 인색하신
어머니께 술 한 병 들고
종종걸음으로 달려가네

군불 땐 따뜻한 사랑방
아버지 이불 속에 숨겨둔
밤참 내기 화투 놀이로

근심도 시름도
멀리멀리 날려버리고
도란도란 웃음소리
정다워라

엄마 부르기만 해도
가슴 터질 듯한 그리움
눈물 타고 흐르네

함박꽃은 엄마다

어머니 닮은
들판에 핀 분홍 함박꽃
수줍게 웃는다

고단한 발바닥
가뭄에 논바닥 갈라지듯 딱딱해도
툭툭 치며 웃는다

개구쟁이 손자
칼국수 한 입 먹이며
개구리 반찬 하며 웃는다

치매 진단받던 날
양철지붕 위로 떨어지는 빗물 속에
눈물 감추고
가슴에 뚝뚝 떨어진 낙숫물 품으시고
함박꽃처럼 활짝 웃으시던
어머니

사랑과 헌신

어느 날인가
아픈 다리 의자에 올리고
굽은 허리 한 팔로 세우며
환한 미소로 달달 볶은 깨는
어머니의 향이다

오늘
눈물과 땀에 흠뻑 젖어
뜨거운 솥에 던져진
깨와 씨름하다가
플라스틱 뒤집개를 삼킨다

송곳이 발바닥을 찌를 때쯤
작은 알갱이가 속삭이며
파도를 치듯 출렁거린다

살짝 비비기만 해도 몸을 부숴
알알이 가득 찬 고소함을
집 안 곳곳에 뿜어낸다

고통이 있어야만
향을 낼 수 있는 참깨는
어머니의 삶이다

설

지글지글 뚝딱뚝딱
어머니의 고달픈 손은
하얀 떡으로 섣달 그믐밤을 새우고
설을 맞는다
삶의 상처로 푹 꺼진 몸과 뒤틀린 마음
윤이 나도록 정성껏 씻겨 주신다

달을 넘고 해를 건너
그리운 아버지 앞에서
홀로 숨죽여 눈물 흘리던 어머니
이제는 새하얀 떡국을
향기로만 드시니
가슴이 저리기만 한다

개울 건너 마을

어린 시절
비가 내리면 논에 물꼬 보러 가시는
아버지 뒤를 몰래 따라나선다
띄엄띄엄 들키지 않으려
작은 몸을 미루나무에 의지해
술래잡기한다
얼굴을 두드리는 빗방울은
아이스크림처럼 시원하고
발에서 튀어 오르는 물방울은
가슴을 뛰게 한다

가로수 사이사이에서
섬광처럼 터져 들리는 웃음소리
가슴 속에 묻혀있는 아버지의 향기가
빗물 타고 하늘에서 내린다

물가에 핀 꽃

목마름으로 시작된 열꽃
햇살이 퍼져도 치맛자락 쥔
조막손 펴지 않던 딸아이
어느새
둥지를 떠나 삶의 한가운데서
엄마 이름표를 달았다

환한 빛을 띤 첫 아이
가지고 놀던 계수기 찾으니
장난꾸러기 대답
"하나님이 가져가셨다"고
발뺌하는 모습이
노란 프리지어를 닮았다

손에서만 놀던 둘째 아이
호되게 받은 수면 교육 때문인지
혼자서 책보는 모습이
의젓한 망초를 닮았다

사진으로 본 셋째 아이
처음 떨어진 어리둥절한 세상
꼭 감은 눈과 앙다문 입술
희망을 몰고 온 튤립을 닮았다

도둑맞은 마당

꽁꽁 닫힌 철문 열어보니
온통 쑥대로 뒤엉킨 마당
울음이 솟구친다

꽃구름 타고 가신
주인 못 잊어
풀 죽은 장 항아리에
스치는 바람살이 쓰라리네

군대 간 즈믄둥이 생각에
얼다 만 퍼석 얼음이 바사삭바사삭
미어터지도록 부르지만 돌아오는 건
쓸쓸한 메아리뿐

마당 한가운데
동무 없는 눈 미끄럼틀
먼 산 바라보며
빈 가슴만 쓰다듬네

동에서 부는 바람

구름에 달이 무너져
어둠 짙게 깔린 낯선 도시
바위를 때리는 파도가
벼랑 끝 길을 잡아준다
바닷속 깊은 비릿한 냄새
콧등을 찡그린다

아들 손 잠깐이라도 잡아보려
한달음에 달린 칠백오십 리 길
철책 붙들고 떼를 쓰고 울부짖어도
허공을 타고 오는 소리
임무 수행 중

멀리서 들려오는 반복된 천둥소리
수평선이 울렁거린다
긴장한 소나무 빛을 향해 긴 한숨 날리고
쌍둥이처럼 떠오르는 내일의 태양을
물끄러미 바라본다

율곡역

뿌연 안개가 해를 가려도
얘야 일어나렴
어제 가득 채운 배꼽
먼 길 가려면
오늘 또다시 채워야지

얼어서 오그라든 엄지발가락
단단히 동여매고 다시
한 발 한 발 내밀어야지

끝난 것 같지만 끝나지 않은
군령에 맞춰 각 잡힌 손 흔들렴
까만 밤하늘에 숨은 좁다란 길 달리는
어미 잃은 초롱초롱한 올챙이

북문에 핀 별꽃 눈꽃 물꽃
터트리는 폭죽 소리
반짝이는 눈만 바삐 굴리는 새내기

여기가 어디인가
22살이 밟는 낯선 땅
철책이 세운 하늘
시간이 오르고 내릴 율곡 종착역

기다리는 마음

동트기 전 들락이며 길을 살핀다
철책으로 가로막힌 길
올 수 있으려나
갈 수 있으려나

골 타고 올라오는 눈 태풍
하얗게 앞을 가린다
꽁꽁 언 물탱크 기운차게 깨트리고
겹겹 입은 옷 속으로 파고드는 칼바람
으라차차 걷어찬다

백일을 네 번 치르고
집에 올 날 숫자는 멈춘 듯 더디 간다

지난밤도
동해상에 터지는 폭죽 소리에 놀라
빨갛게 충혈된 까만 밤이었다

뚝

서럽게 후드득거리며
겨울을 예고하는 비
똑똑 떨어져 머리를 타고
가슴으로 스며드는 물
온몸이 차갑게 낭창거린다

꽁꽁 언 비
칠흑 밤이 끝나도록
철모를 하얗게 짓누르고
까만 눈동자 반짝거린다

창밖 내리는 비는
두근거리는 마음을 진정시키고
적막한 그리움에 뻐근한 사랑
소리 없이 툭 솟구치는 눈물은
인제 그만

8월의 짝사랑

새벽녘
담 넘어 들어온
매미의 날갯짓 사이로
희미한 달빛이 숨는다

며칠째 배롱나무꽃이
질기게도 피워내는 열화에
속절없이 무너진 지난밤
활활 타오르는 가슴
옷고름 풀어 열어주고
뜨거운 손길에
얼굴은 빨갛게 달아오르고
흠뻑 젖은 속적삼은
뜨거운 비린내 토해낸다

분리될 수 없는
날과 날에서
여름의 끝자락을 움켜잡아도
무지개 이끌고 달려오는
가을의 손을
어쩔 수 없어 모르는 척 한다

애타는 진심

엊저녁 태풍에 맞서다가
상처로 얼룩져 떨어진 복숭아 한 바구니
가슴에 안긴다
순간 주춤거리는 낯빛에 붉어진 손

작년 가을부터 애지중지 키워
내일이면 단장시켜
한양 백화점으로 시집 보내는 날
하루 사이 시골 장터도 못 가고
처절한 가슴만 흔들린다

빈손으로 받은 터진 복숭아
멍든 곳 도려낸 단맛이
부끄러운 손을 눈물처럼 적신다

제3리

살다 보면
그냥 알게 된다

애당초 울타리 밖으로 표현 못 하는 사정
그것이 커다란 지붕인 것을

이순은 이순이 아니다

같은 숟가락 쓴 세월
쌓인 정도 수만 가지다
예순이 넘은 귀는
아직도 까슬까슬하다

차곡차곡 질곡이 쌓인 날
진흙과 뒤엉켜 마사지한다

책장 한 귀퉁이
무허가로 개업한 약방 집
종류도 다양하다

구석구석 지나간 자리
잔소리 한 바구니 준다
빙그레 웃으며
"기쁨으로 치워"라는 말이
밉지 않고 애잔하다

닮아가려는 삶

한 발을 내디디려는데
발이 허공에서 흔들린다

깜깜한 동굴 속
허기진 마음으로
부둥켜안은 세월
조각조각 부서지는 흔적들
겨우내 버티던 눈물
봄볕이 살포시 말려준다

아~
먼저 산 사람의 그림자로
마음의 찌꺼기를 잃어버리고
그 사람의 발자국 따라
사뿐히 발을 대어 본다

비껴간 시간

화려한 가을 잔치 끝날 무렵
황급히 대문 두드리는
가시 잃은 붉은 장미
발걸음이 종알거린다

바싹 마른 남은 한 잎
떨구지 못하고
여름 폭풍을
몸부림으로 막아낸
거친 비늘만 벗긴다

훤히 드러난 속살
눈물 감아 보지만
더욱 커지는 부끄러운 민낯
부릅뜬 겨울 광풍을
어찌할까

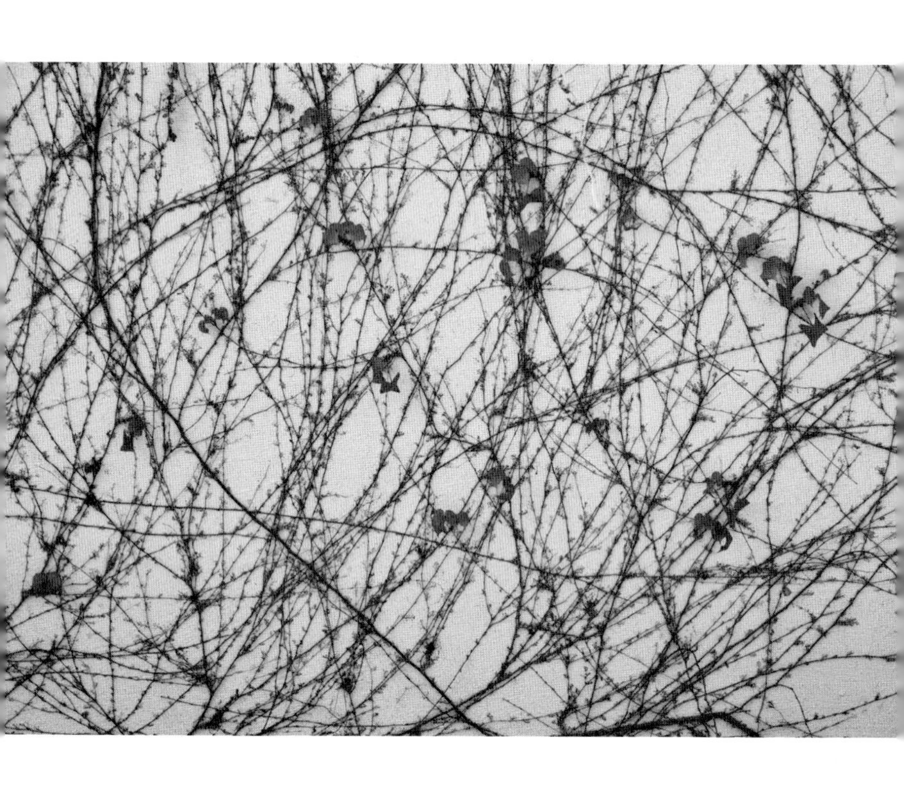

난장판

현관에 밀물 밀려들 듯
손주들 신발이 제멋대로 날아다닌다

장날 보따리 장사 짐 풀듯
귀염둥이들 장터 된 거실
발 디딜 틈이 없다

할아버지 등은 손주 말 태우고
할머니 주방은 숟갱이 전쟁터다

군대 간 삼촌 방 들락이는 악동
못 찾겠다 꾀꼬리 소리 지른다

천 원짜리 흔들며
신난 꼬마 손님들 썰물 빠지듯
나간 자리 난장판이다

기억

냉장고 문을 열고
한참 둘러본다
갑갑하고 짐스러워
고개 돌린다
깊숙한 곳 건강식품
구석구석에서 썩지도 못해
속만 까맣게 태우고
한밤중 먹다 남은 치킨의
알 수 없는 소리에 놀란다
상처 난 기억의 찌꺼기가
자리 잡는다
기억이 어지럽다

부부의 맛

아직 한참 기다려야 새벽은 오는데
쌀 씻는 소리가 집 안을 흔든다
서로 다른 밥 먹다가
한솥밥 먹은 세월
우스꽝스런 차림새로 으스댄다

앓는 소리가 귀속을 파고들었는지
손을 잡아끌고 온천으로 향한다
이 말 하면 저 말로 답하고
어제 물어본 말
오늘 대답하는 알 수 없는 사람
이제는 익숙하다

애당초 울타리 밖으로
표현 못 하는 사정
그것이 커다란 지붕인 것을
살다 보니 그냥 알게 된다

그 남자의 식탁

여름을 재촉하는 빗방울 소리에
묻어 들어오는 냄새가 식욕을 부른다
셔츠를 벗어 던지고 런닝구 차림으로
어머님 냄새가 깊게 밴
저녁 식탁을 차리는
그 남자의 등짝이 구수하다

아들 녀석은
어머님 냄새가 밴 김치 청국장 속으로
숟가락을 들락이며 흥얼거린다

새날에 갇혀
멀리 사라진 날을 건져 올린다
풀잎 사랑을 부르며 먹던
하트 계란프라이를 그린 비빔냉면
그 맛은 아직도 새콤달콤 향이 난다

공생

고추밭에 까만 깨알 같은 진딧물이
어린 채소 목줄을 틀어쥐고
비바람 물리쳐
땡볕에도 의기양양하다
손으로 잡을 수도 죽일 수도 없는 진딧물을
개미가 줄을 치며 따라다니고
아찔한 삶이 흔들거린다

서로 허락 없이 발 디딘 땅
말없이 지켜보는 주인 앞에
그래 함께 살아보자고
그가 좋아하는 달콤한 옥수수 심어준다
어린 채소에서 슬금슬금 옮겨간다
선을 긋지 않아도 서로 숨통을 열어주며
뜨거운 여름을 내쉰다

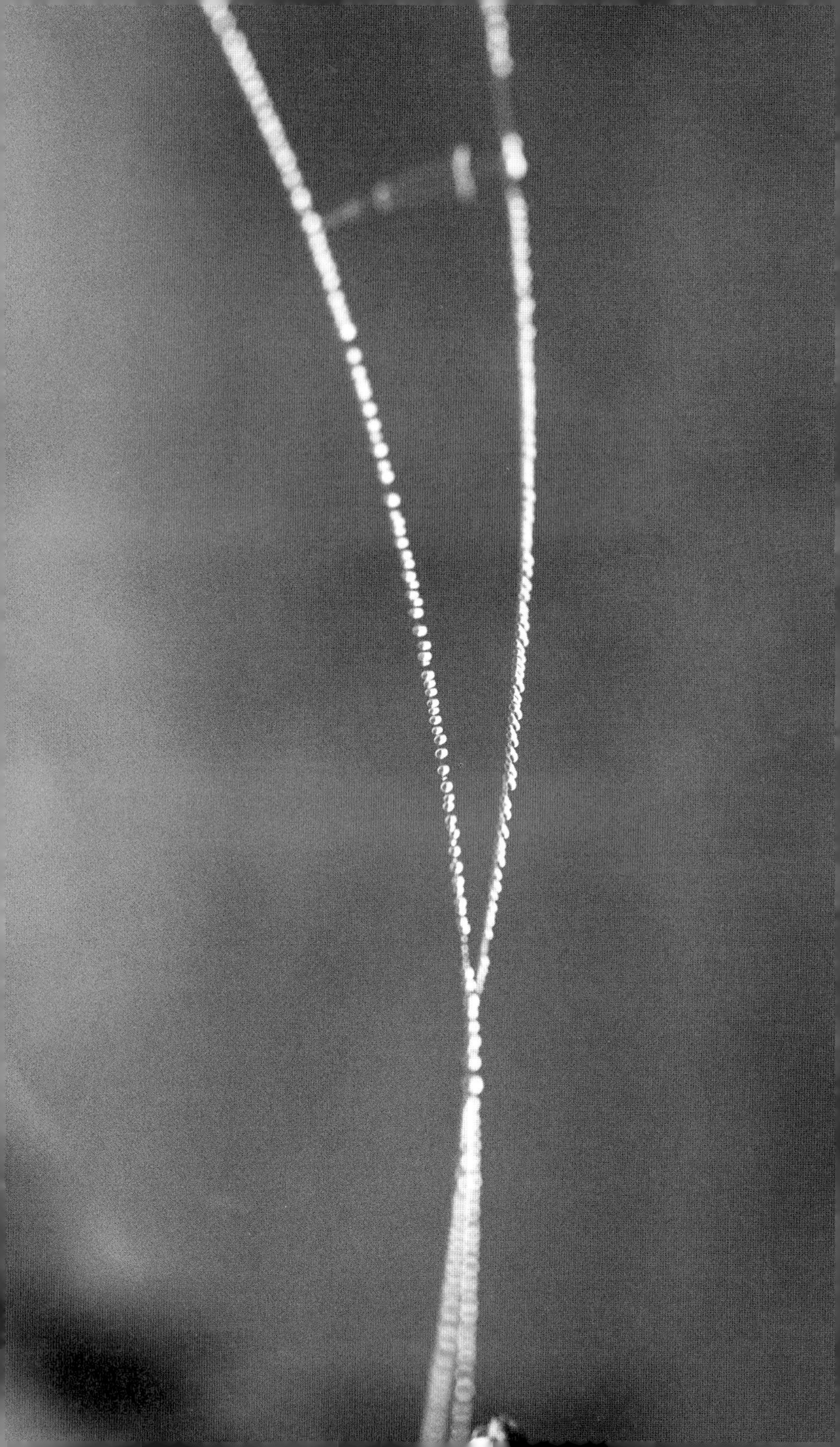

사라진 기억

오후 3시
알록달록한 카페에서 스치는 사람
눈으로 인사하고
웃음으로 손 내민다

각자의 자리로 등을 보이며
몇 걸음 걷다 뒤돌아 다시 마주한다
서로가 서로에게 묻는다
누구시냐고
아는 듯 생각나지 않는다

마음 한 조각처럼 떠도는
흔적의 끈을 찾아낸다
굽이치는 삶 속에 스친
낯선 인연이 지난 안부를 물으며
오랜 친구처럼 익숙하다

그해 그 겨울

별 달 숨죽인 고약한 밤
붙박이 길에 의지해
어린 아들과 향하는 집

겨울 끝자락의 저수지는
이별이 두려운가 보다
쿵쾅쿵쾅 우지직
솟구치는 울음이
가슴에 망치질한다

겁이 난 아들 녀석
쿵쾅거리는 엄마 가슴에
얼굴을 숨긴다

애달픈 저수지는
꽁꽁 묻어둔 얼음을
살랑살랑 봄바람에 내어주고
속살부터 눈물로 삭인다

방향

지루한 회색 구름이 황금빛으로 물들며
답답한 가슴 풀꽃으로 다시 피어난다
두려움에 목 긴 수탉은 새벽을 알리고
고양이도 매미도 일찍 눈을 뜬다

뜬눈으로 지새운 강 건너 저쪽 마을
느닷없이 들이닥친 검은 야수
부르르 떨리는 손짓이 날을 재촉한다

발은 어디로 향할지
갈피를 잡지 못하는 사이
커다란 방아쇠 가슴을 짓누른다

거침없이 쓸고 간 후 남겨진 것
세울 수 없는 공허가
흰 운동화에 진흙을 묻혀
하얀 집을 꿈꾼다

비워진 가슴

사랑방 문틈으로 피어난
담배 연기
설움으로 애타는 마음
훠이훠이 날린다

삐죽하게 솟아오른 심술
동글동글 하나둘 그려
하늘 오선지를 태운다

풀리지 않는 시름은
긴 숨으로 구름에 올라
붉게 피우고
타지 못해 떨어지는 재를
순식간에 바람이 흔들고
잡을 새 없이 사라진다
꽁초만이 가슴에 흔적을 새긴다

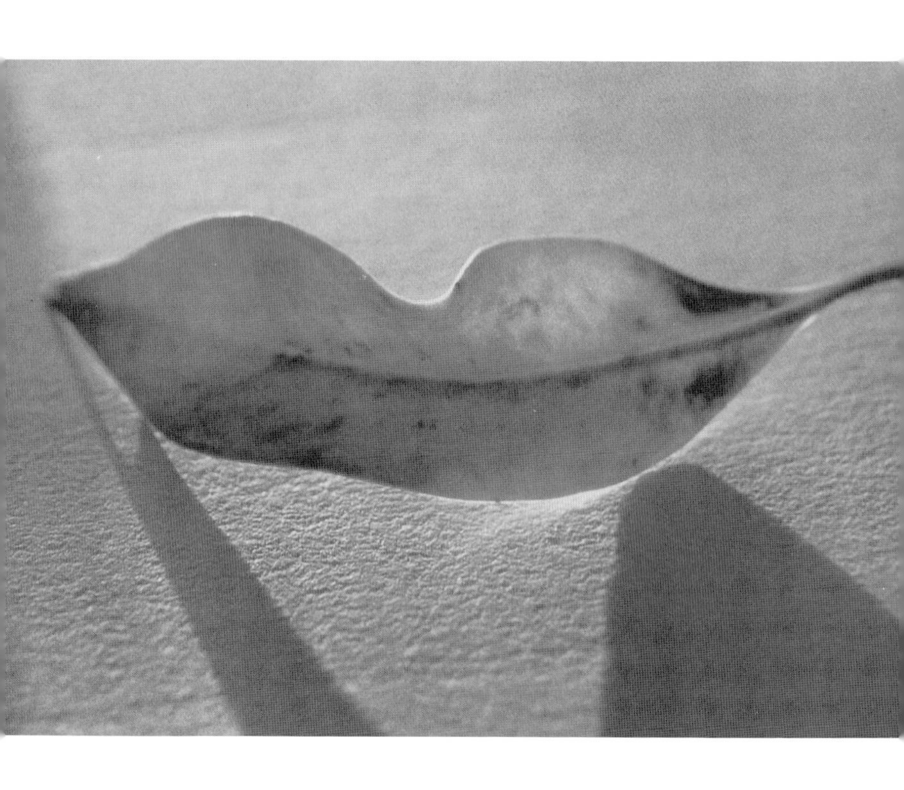

욕망

산비탈 소나무가 키를 세워
구름 잡으려 오른다
눈을 찌르는 가지는 망설임 없이
스스로 쳐내며
한 발 한 발 오른다

부서지는 비명은
빨간 줄 긋고 땀방울로 덮는다
오르지도 내리지도 못하는 사이
빙빙 돌아치는 눈동자
허공에서 허우적거리고
거친 바람이 몰고 온 까만 구름
새들도 도망친다

넘어진 자리에 솟아난 힘
구름이 해를 가려도 빛나고
비가 쏟아져도 당당한
키 작은 소나무는 자유롭다

무심천의 별

이른 봄바람 타고
팝콘 터지듯 순식간에 피어오른 벚꽃 송이
향기에 이끌린 발걸음 움츠러든다

철없던 시절
잊었던 벗이 너울처럼 밀려와
눈시울 적시며 가슴을 타고 흐른다

긴 머리 꽃바람에 내주고
푸른 꿈 주거니 받거니
까르르 숨넘어간다
선글라스 속에 핀
어설픈 포즈는 아날로그 필름이
순간을 잡는다

벤치에 홀로 앉아 물끄러미 바라본 하늘
저 멀리 피어나는 그리운 얼굴
떨어지는 꽃잎처럼 달려온다

진실의 꽃
- 군에서 다친 시아주버님을 보내드리며

꽃을 사랑한 청년
비단과 함께 기쁨이 넘치는
꽃밭을 꿈꿨습니다

어둠의 그림자 짙어진 날
나라 위해 피운 무궁화 꽃잎
가지만 남긴 채 고개 떨구고
혼자 설 수 없는 몸
핏방울로 세운 45년

척박한 땅에 주저앉아
손등으로 피워낸 하얀 국화 송이
이쁘다는 말도 꺼억 꺼억 삼키고
이슬 맺힌 눈동자만 감격합니다

누구보다 더 사랑한 가족
조국을 가슴에 품은 김 하사
67년 한 생이 오늘 이곳
국립 현충원에 영원히 잠듭니다

초록 정원
- 정은옥 선생님 퇴임식장에서

세상의 무지갯빛을 품은 그녀는
색깔마다 꿈을 피워주는 선생님
강산이 변한다는 십 년이 세 번 반여
한 번도 변하지 않은 이상을
칠판으로 환하게 열었습니다
무성하게 어울려 나간 줄기를 바르게 올려
햇살로 보듬어 가꾼 봉오리는
꽃으로 활짝 피고 다시 씨앗을 뿌려
열매를 맺고 풍성합니다
예쁜 눈망울은 초롱초롱합니다

문득 지난날이 다가섭니다
늦은 사춘기의 열꽃을 사명으로 다독거려
교실 바닥에 뿌리고
붉은 꽃은 사랑으로 책갈피에 꽂았습니다
홀로 아픔도 홀로 괴로움도
초록 뜰에 묻고 보이지 않는 손으로 쓰다듬어 준 사랑
운동장 구석에서 깔깔대며 외치던 노란 꽃송이들
세월이 흐르면서 학교 담장 너머에서
어떤 꽃으로 피어났을까 더 보고 싶습니다
함빡 피어나는 시간은 자리를 가리키고
가슴 편 편에서 초록이었던 그 세월을
하얀 손수건이 감싸며 노을길을 안습니다

발문跋文

아리&다리가 쓰기와 찍기로 꾸민 한 둥지

증재록(한국문인협회 홍보위원)

아리&다리가
쓰기와 찍기로 꾸민 한 둥지
-포포(POEM & PHOTO)집 짓고 뽀뽀하기

증재록(한국문인협회 홍보위원)

1. 찬샘뜰과 안장터의 만남

어느새 27년의 세월이 흘렀다. 아리 이선희 시인과 다리 김기숭 사진작가의 만남, 둘은 부부로 연을 맺고 하나의 어울림으로 자연 풍광을 예술로 승화시키는 발걸음으로 인생사를 오르고 내린다. 여기저기 공간에 숨을 가득 채웠다, 그러던 어느 날 남편인 다리 작가가 아내 아리 시인에게 6·25 기념행사의 시 낭독자로 추천했고, 무대에 올라 벚꽃 피듯 찬사를 받았다. 그날로부터 시심을 발그레 피우고 필을 잡아 글을 썼다. 그리고 상상의 재주를 펼쳐 공중에 마음을 그리며 훨훨 날기 시작했다. 그렇게 시정에 시향을 풍기면서 흘러간 3년의 숫자를 모아 시집을 묶어 남편의 다리에 시심을 얹는다. 한 자 한 자 써서 짓고 한 면 한 면 찍어 쌓은 다리 위에 펼친다. 손과 손을 잡을 새도 없이 쓰고 찍었다. 그리고 한 울안에서 모아 모아 다정을 만난다. 삶에 각을 세워 머리로 쓰고 눈을 홀려 찍고 그린다.

하늘에서 맺어준 잘 어울리는 짝 천생연분으로 맺은 천생배필이다. 향토적 지명으로 말하면 찬 진실의 물이 흐르는 찬샘뜰과 꽃불에 장국밥이 끓는 안장터의 만남, 거긴 언제나 느티나무를 사이에 두고 뻥튀기가 터졌다. 뻥뻥 그 소리와 함께 구수하고 장단치는 말솜씨가 꽃으로 피어오르는 장터의 뻥 뻥, 그렇게 심사를 진실로 펼치며 쓰고 찍고 하나의 심안으로 집을 지었다. 시와 사진이 만난 한 둥지, POEM & PHOTO 포·포의 집을 짓고 뽀뽀로 준공한다. 마음 모아 한 집에 들어간다는 것이 뿌듯하여 황홀하다. 유난하게 모든 빛살이 무지개로 펼쳐진다. 아리 이선희 시인의 소리와 다리 김기숭 사진작가의 만남에 대문을 활짝 열고 뻥뻥 소리로 또 뽀뽀한다. 아리와 다리가 만나 아리를 업은 다리가 다리를 건너는 마음이 꽃으로 만발한다.

2. 사랑을 마중한다

물이 흐른다, 그가 태어난 자리를 찾아서 줄기를 따라 간다. 오르막 그러다 이른 자리엔 여린 생명이 촉촉 젖어

퐁퐁 똑똑 졸졸 줄줄 잘잘 갈갈 콸콸 흐른다. 모든 말이 옹달샘에서 태어나 사랑으로 자라며 숨으로 소리 내는 오늘의 길을 알려준다. 물이 흐른다. 그리고 만나 유유하다. 젖고 마르고 갈라지고 터져서 저쪽으로 가버리다가 돌아온다. 햇살 좋은 날 빛줄기 따라 오르는 거기는 무지개 꽃이 함빡 웃는 송이가 송송 피고 맺고 진다.

새벽이 오려면
한잠 더 자야 하는데
애달픈 귀뚜라미 따라나선다

불에 덴 듯 울부짖던 매미는
집을 누렇게 물들이고
풀빛으로 뽐내던 연못도
까만 씨앗 주머니만 기다린다

메뚜기 한 곡조에
코스모스 미소 산들거리고
지붕 위에 열린 빨간 고추를 품은
뿌연 연기가 얼룩진 마음을 가린다

-「가을 마중」 전문

가을은 열매를 맺으면서 갈 날을 헤아린다. 갈은 갈아엎어 새로운 싹을 기대한다. 울부짖고 뽐내고 물들이고 모두 가는 갈, 가을을 기다리는 것이다. 입고 덧씌운 여름을 벗어내고 진실을 찾아가는 가을 앞에서는 노래와 춤과 홍이 바람을 일궈 산들댄다. 지난겨울의 인연을 새기면서 봄에 튼 싹을 더듬으며 본질을 더듬는 그리움은 먼 거리를 달려오면서 안타깝기도 하지만 새로운 세상의 희망으로 빛을 잉태한다.

들릴 듯 말 듯
보일 듯 말 듯
꼬불꼬불 올라오는 소리
아, 듣고 싶다

하늘이 내려주는 소리
불 같은 어머니의 소리
물 같은 자식의 소리
아, 듣고 싶다

아픔이 사라져야
들리려나
고단함이 사라져야
들리려나
기쁨이 사라져야

들리려나
아, 듣고 싶다

-「듣고 싶다」 전문

들릴 듯 말 듯 그 깊이에는 언제나 떠나지 않는 소리가 있고 모습이 어른거린다. 잊을 수 없고 잊히지 않는 어머니와 아버지, 돌아보는 길은 안개가 낀 듯 느릿하고 회색이 배경을 채운다. 그 안에 기쁨, 슬픔, 보고픔, 안타까움이 촉촉 배어 나온다. 눈앞에서 사라진다는 건 기억으로 선명해진다는 거, 그건 새로운 아침 해의 찬란한 빛이려니, 돌아보는 거리엔 언제나 고독이 처량한 바람을 타고 슬픈 목소리로 젖어온다.

아직 한참 기다려야 새벽은 오는데
쌀 씻는 소리가 집 안을 흔든다
서로 다른 밥 먹다가
한솥밥 먹은 세월
우스꽝스런 차림새로 으스댄다

앓는 소리가 귀속을 파고들었는지
손을 잡아끌고 온천으로 향한다
이 말 하면 저 말로 답하고

어제 물어본 말
오늘 대답하는 알 수 없는 사람
이제는 익숙하다

애당초 울타리 밖으로
표현 못 하는 사정
그것이 커다란 지붕인 것을
살다 보니 그냥 알게 된다

-「부부의 맛」 전문

둘이 하나가 되자 그 시대에 만나서 오늘까지 어울려 날을 맞이하고 보내는 길은 언제나 웃음꽃이었다. 그건 믿음과 사랑 앞에 예의라는 사리 판단이 반듯해서다. 서로가 서로를 깊이 알아가면서 독특한 개성을 포용과 양보로 감쌌다. 이제 그냥 소리만 들어도 몸짓만 보아도 알아채는 눈길은 밝다. 시간은 인연의 줄을 풀어가며 흘러가고 사랑은 숙명으로 더 깊숙이 안긴다. 한 지붕의 본질이 무엇인지 귀를 기울이지 않아도 느낌으로 품는다.

3. 아리와 다리의 사랑은 유장하다

◇아리 시인, 유난히 아리따운 세상을 꿈꾸는 심성은

아마도 일제강점기에 이웃의 가난을 구제하려 주야장천 노심초사하던 음성 신천 찬샘 한약방의 외할아버지 심중을 이어서일 거다. 아리랑 한 소절로 눈가를 적시는 여린 마음에 시심을 피우는 얼과 한, 아리고 쓰린 고난의 삶에서 희망을 찾는 한숨이요, 그 꿈을 찾기까지 앓는 설움의 소리요, 하루가 지나면 그만큼 서녘이 아릿하게 배어드는 그리움이요. 그걸 미리 알고 앎을 앞세워 미래를 내다본 소리 아리 아리 아리랑이리라. 오늘은 외할아버지의 얼을 찾아서 그리움과 사무침으로 내놓는다. 하얗다 빨갛다 그 앞에서 눈가에 이슬이 촉촉하게 맺는다. 말없이도 무엇을 뜻하는지 그걸 짐작해서다. 하양 빨강 그리고 그 뒤로 은은하게 배경을 펼치는 검정 파랑, 심오한 곳에 피어나는 다리를 향한 사랑이다.

◇다리 사진작가, 사랑으로 올바름을 펼치는 기쁨의 기색이 현현하다. 그때 집 앞 장터 느티나무 아래서 술래잡기하던 마음이 두근두근 흔들렸고, 집 뒤로 개울물이 시간을 깨끗하게 감았고, 아버지 큰기침에 살그머니 발걸음 도닥이는 풍경만으로도 너그러움이 피어나 열매를 맺는 그림이 그려진다. 그림자엔 빛이 스며들어 내일을 불러오고 다가서는 거리가 친숙하게 펼쳐진다. 청순한 눈매에 사랑의 영역을 확보하는 넓은 품에 애착이 간다. 누구에게도 짓밟힐 수 없는 어디에서도 끌려갈 수 없는 오직 독창이 열정으로 피어난다. 사물의 입체적 공간에 생명의 뿌리를 펼쳐 사랑의 순환을 알린다. 살아온 과거와 미래

를 내다보는 열정이 붉은 열매로 맺는다. 방울방울 맑고 동그란 그 갈망을 카메라 셔터로 순간을 포착하여 묘사한다.

◇아리와 다리, 아리의 다리가 되어 물살을 헤쳐 업고 건너 주겠다는 남편과 다리의 아리가 되어 아리송한 문제를 풀고 아리따운 길을 펼치겠다는 아내, 아름다운 부부다, 사랑의 열매란 그 뒤에 펼쳐지는 푸른 들녘이리니, 부부의 포포(POEM & PHOTO)집 발간으로 사랑은 유장하리다.

아리&다리 포포집
사랑하고 열매 맺고
이선희, 김기숭 지음

발행처 도서출판 청어
발행인 이영철
영업 이동호
홍보 천성래
기획 남기환
편집 방세화
디자인 이수빈 | 김영은
제작이사 공병한
인쇄 두리터

등록 1999년 5월 3일
(제321-3210000251001999000063호)

1판 1쇄 발행 2023년 10월 10일

주소 서울특별시 서초구 남부순환로 364길 8-15 동일빌딩 2층
대표전화 02-586-0477
팩시밀리 0303-0942-0478
홈페이지 www.chungeobook.com
E-mail ppi20@hanmail.net

ISBN 979-11-6855-193-0(03810)